追觀碑文

（清）雍正 書

陳引馳 編

西泠印社出版社

台州置州一千四百周年系列丛刊

#《崇道觀碑文》與紫陽真人張伯端（代序）

《崇道觀碑文》爲雍正皇帝御筆撰文并親筆書寫。此碑立于雍正十二年（一七三四），原有三方，一在台州郡城紫陽道觀，一在臨海河頭百步紫陽宫，一在天台桐柏宫崇道觀。現碑身僅留一方，保存于臨海東湖碑林。該碑高三百八十厘米，寬一百厘米，厚二十厘米，重約二吨，正面鎸刻雍正御書碑文；碑側爲浮雕，介紹神仙樓閣故事；碑陰無字，周圍綫刻夔紋框。碑文共四百四十二字，大概意思是叙述與贊頌紫陽真人張伯端道家思想之要義，説明張伯端生平及其與三處道觀的關係，以及敕命修建三處道觀的經過。在此碑中，雍正皇帝敕稱張伯端爲『大慈圓通禪仙紫陽真人』。臨海北山所鎸徑丈大字『至真妙道』即源自此碑。天台桐柏宫之碑據云毁于二十世紀六十年代，鄉人將碑身分鑿爲條石用于建築之需，扃頭則植入螺栓，用作碾米機基座。此扃頭殘高一百一十八厘米，寬一百厘米，厚三十厘米，正面刻有雙龍奉珠浮雕圖案；碑身殘件厚二十厘米。百步紫陽宫的御碑也大約同時被毁，現已無從覓迹。

張伯端（九八四—一〇八三），字平叔，後改名用誠（或用成），號紫陽、紫陽山人。人稱『悟真先生』『紫玄真人』，又被尊爲『紫陽真人』。他自幼聰明好學，曾以儒生身份參加科舉。在其所著道家經典《悟真篇》的序中，他説自己幼年就喜歡道學，廣泛涉獵儒、釋、道三教經書，乃至『刑法、書算、醫卜、戰陣、天文、地理、吉凶生死之術』，無不留心研究。

但是他雖讀盡群經及各家學説，却始終未能破譯『金丹』之術的奥秘。

因屢試不第，張伯端後來做了官府的刀筆吏。《臨海縣志》記載，張伯端喜食魚，有次家人做了魚送至衙門，同僚与他開玩笑，將魚藏在梁上。他找不到，就懷疑是家中婢女偷吃。婢女氣不過，自縊而亡。後來魚腐生蟲，自梁上而下，這纔知是冤枉了婢女。張伯端因此感到愧疚，嘆道：『積牘盈箱，其中類竊魚事不知凡幾。』于是賦詩：『刀筆隨身四十年，是非非是萬千千……有人問我蓬萊路，雲在青山月在天。』然後將公文案卷付之一炬。由此獲罪，充軍流放嶺南。

在嶺南時，他浪迹雲水，訪求大道。北宋治平年間（一〇六四—一〇六七），龍圖公陸詵知桂州。陸詵也是好道之人，所以二人有共同話題，陸詵將張伯端延聘至帳下，委以機要職位。之後，陸詵轉知邕州（今廣西南寧）、延州（今陝西延安），以及秦州（今甘肅天水）、鳳州（今陝西鳳縣）、晋州（今河北晋州）等地，張伯端作爲幕僚隨從其間。每到一地，都不忘尋師訪道。熙寧二年（一〇六九），陸詵改知成都，張伯端一同前往，在天回寺遇真人劉海蟾。『以夙志不回，初誠愈恪』感動了劉海蟾，得其傳授『金丹藥物火候之訣』。熙寧三年（一〇七〇），陸詵卒于任上。張伯端『丹成返台州，傳道授徒』。并將修煉的心得以詩歌的形式總結爲秘訣八十一首，于熙寧八年（一〇七五）著成《悟真篇》。

之後，張伯端再次出山，一度寓居于常州紅梅閣，撰成《玉清金笥青華秘文金寶内煉丹訣》三卷和《金丹四百字》一卷。後至陝西，『擇興安之漢陰山中（今陝西紫陽縣紫陽洞）修煉』。在鳳州、階州（今甘肅隴南）傳道時，因得罪鳳州太守而『按以事坐黥竄』，被判流放。解送到邠州（今甘陝西彬州）境内，巧遇石泰得以釋免。張伯端由此想到劉海蟾傳授道法時曾經説過：『异日有與汝解繮脱鎖者，當宜授之。』因此將《悟真篇》及心要傾囊相授于石泰，使之成爲嫡系傳人。離開石泰後，張伯端到荆南（今湖北荆州）尋求馬默資助，并將《悟真篇》授與馬默。

元豐三年（一〇八〇），張伯端返鄉隱居，往來于括蒼燈壇山、蓋竹山、龍顧山及天台桐柏、赤城之間。元豐五年（一〇八二），張伯端在臨海百步『天炎浴水中』，趺坐而化。所留《尸解頌》云：『四大欲散，浮雲已空。一靈妙有，法界圓通。』弟子『用火燒化，得舍利千百，大者如芡實，色皆紺碧』。

傳説中，張伯端曾有許多示現神通的故事。如其與一和尚鬥法，相對而坐，約以折得揚州瓊花爲注。入定後，其元神出竅，神游揚州，數時辰後，元神回歸，和尚兩手空空，張伯端則于袖中拿出瓊花。明代的吴承恩在《西游記》第七十二回『行者假名降妖狨，觀音現像伏妖王』中寫道，紫陽真人以『五彩霞衣』保護朱紫國皇后，使其免受妖怪賽太歲（即觀音菩薩的坐騎金毛犼）的玷污。

張伯端趺坐而化後，百步鄉人在其坐化處立『紫陽化身處』碑。明嘉靖四十四年（一五六五），台州府推官張滂在百步修建紫陽庵，并重修碑石，題曰『重修紫陽題詩碑記』。

張伯端所著之《悟真篇》是道家南宗的祖書，與《周易參同契》《老子河上公章句》《黄庭經》并列爲中國古代早期四大内丹術專著，《四庫全書·總目提要》謂之：『專明金丹之要，與魏伯陽《參同契》，道家并推爲正宗。』張伯端也因術學兼通，并融貫儒、釋、道而被奉爲道教南宗始祖，又與其傳人杏林翠玄真人石泰、道光紫賢真人薛式、泥丸翠虚真人陳楠、瓊炫紫虚真人白玉蟾被奉爲『全真道南五祖』。

雍正皇帝好道，須爲國家治理，需統攝儒、釋、道之各家思想，他認爲『紫陽真人所著《悟真篇》，不特爲道教真詮，即此外集，亦釋門中最上一乘宗旨』，對之『朕心深爲悦服』。因此他曾下密旨，讓浙江總督李衛訪查紫陽真人的道場觀宇，并想要『專爲紫陽真人仙迹起見事』。在得到李衛呈報、知曉原委後，雍正皇帝于雍正十年（一七三二）命工部主事劉長源前往台州，于張伯端故居郡城瓔珞街和坐化地百步，及其修行布道之所天台山桐柏宫各賜建『紫陽道觀』一所。

清代康熙、雍正、乾隆三位帝王都精勤于書法，且推以趙孟頫、董其昌爲正宗。康熙酷愛董其昌書風，下筆雍容；乾隆喜歡趙孟頫書風，并兼具董其昌之體勢、格趣。宫中所藏，也多趙、董之法書名帖。臣下如查士標、姜宸英、沈荃、孫岳頒、查昇、梁同書、王文治、鐵保等也都精于趙、董之體。但雍正却在趙、董體勢之中，溯及晋唐，氣韵格調超逸于康乾之外。就《崇道觀碑文》的書法狀態看，這樣一塊巨碑，多達四百字的書寫，一位皇帝可以做到一字不苟，且通篇氣韵如一，筆致自然而毫無牽滯挂礙，足以見得其書寫之功力與能力。而在其書法中，除了可以看到受董其昌、趙孟頫明顯影響外，還能够讀到《懷仁集王羲之聖教序》，以及虞世南、褚遂良和李北海的一些影子。

此碑遷至東湖碑林有年，碑文首字舊殘。因雨水侵蝕，碑身中間與下部文字也多漫漶。所幸臨海市博物館存其舊拓，雖拓工簡劣，但字形筆迹宛然如新。另有明萬曆二十七年（一五九九）朱敬鑪草書《紫陽真人金丹四百言》拓本，亦爲臨海市博物館舊藏。

此次整理出版，先是因宋韵文化研究討論中徐三見老館長的建議所及。而藉此，也可以讓世人了解紫陽真人張伯端在儒、釋、道文化融合中的歷史地位，共同欣賞雍正皇帝優雅典麗、舒展清和的書法藝術，同時也爲弘揚燦爛優秀的中華傳統文化，讓大家進一步了解台州這片土地深厚的歷史文化積澱。

付刊之際，略附贅言。因學識所限，謬誤難免，還望知者不吝賜教！

陳引奭

二〇二二年二月十一日

目録

《崇道觀碑文》拓片影印

《崇道觀碑文》拓片影印

《崇道觀碑文》釋讀

性命無二途，仙佛無二道。求長生而不知無生，執有身而不知無相法身，如以箭射空，力盡還墮，非無上至真之妙道也。道祖云：『外其身而身存。』豈非世尊無我而有我之旨乎？又云：『觀空亦空，空無所空。所空既無，無無亦無。無無既無，湛然常寂』。夫此湛然常寂，豈非常樂我净之妙諦乎？彼夫滯殼迷封、痴狂外走者，烏能測知萬一哉！

大慈圓通禪仙紫陽真人張平叔著《悟真篇》，發明金丹之要，自序以爲是乃修生之術。黄老順其所欲，漸次導之，至于無爲，妙覺達磨、六祖最上一乘之旨，則至妙至微，卒難了徹，故編爲外集，形諸歌頌，俟根性猛利之士，因言自悟。於戲！若真人者，可謂佛仙一貫者矣。

紫陽生于台州，城中有紫陽樓，乃其故居。去郡城六十里有百步溪，傳爲紫陽仙化處。又嘗焚修於桐柏崇道觀。歲久香火岑寂，特命發帑遣官，載加整葺。

夫以真人靈源朗澈，决定無生，三界十方，隨心轉用，何有於蟬蛻之鄉？更何有於塵栖之迹？特以朕景仰高蹤，表其宅里，俾學道之士，人人知此向上一路，千涂同軌，非可强分區别，自生障礙，庶幾，真人拯迷覺世之薪傳不泯于後也。

自紫陽樓迄百步溪、崇道觀三處，各爲殿堂門廡若干楹，併置田若干畝以資香火，有余，則以贍其後裔。雍正十二年二月，經理告竣，爰志其緣起而刻諸石。

（雍正十三年三月十八日御筆　鈐『雍正禦筆之寶』）

《崇道觀碑文》分頁釋讀

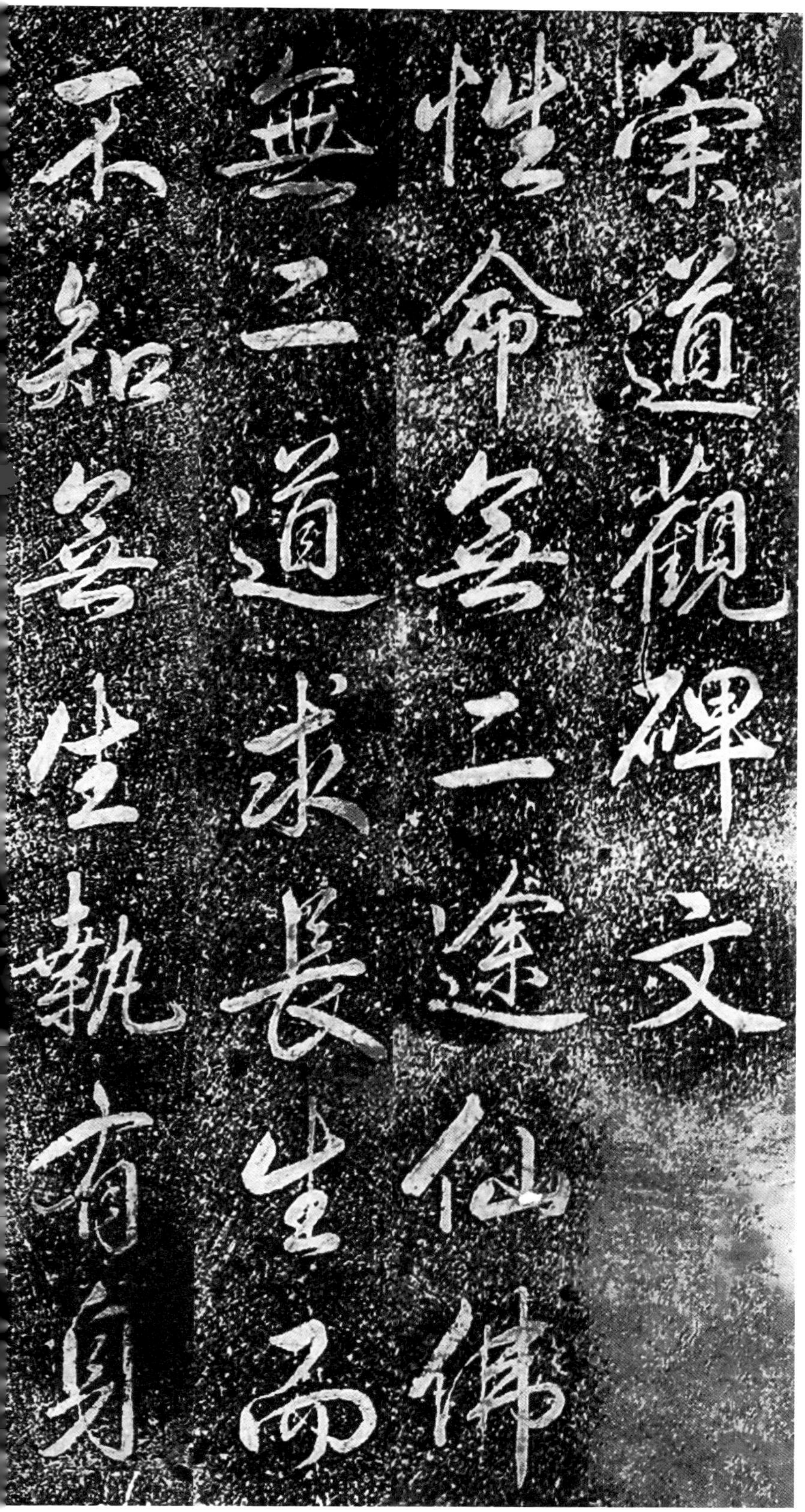

崇道觀碑文

性命無二途，仙佛無二道。

求長生而不知無生，執有身

而不知無相法身，如以箭射空，
力盡還墮，非無上至真

之妙道也。道祖云：『外其身而身存。』豈非世尊無我而有

我之旨乎？又云：『觀空亦空，空無所空。』所空既無，無無亦

無。無無既無，湛然常寂。夫此湛然常寂，豈非常樂我净

之妙諦乎？彼夫滯殼迷封、癡狂外走者，烏能測知萬一

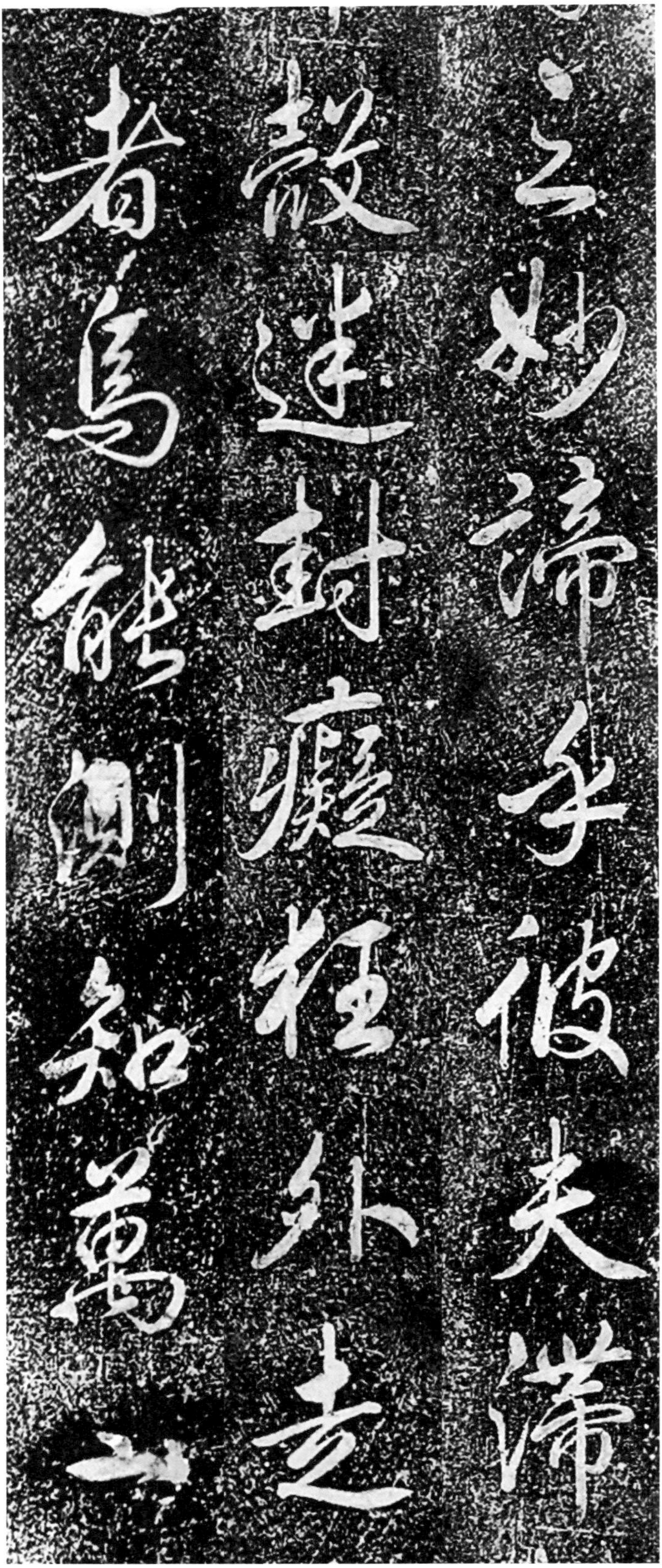
之妙諦乎彼夫滯
殼迷封癡狂外走
者烏能測知萬一

哉！大慈圓通禪仙紫陽真人張平叔著《悟真篇》，發明金

丹之要，自序以爲是乃修生之術。
黃老順其所欲，漸次

導之，至于無爲，妙覺達磨、六祖最上一乘之旨，則至妙

至微，卒難了徹，故編爲外集，形
諸歌頌，俟根性猛利之

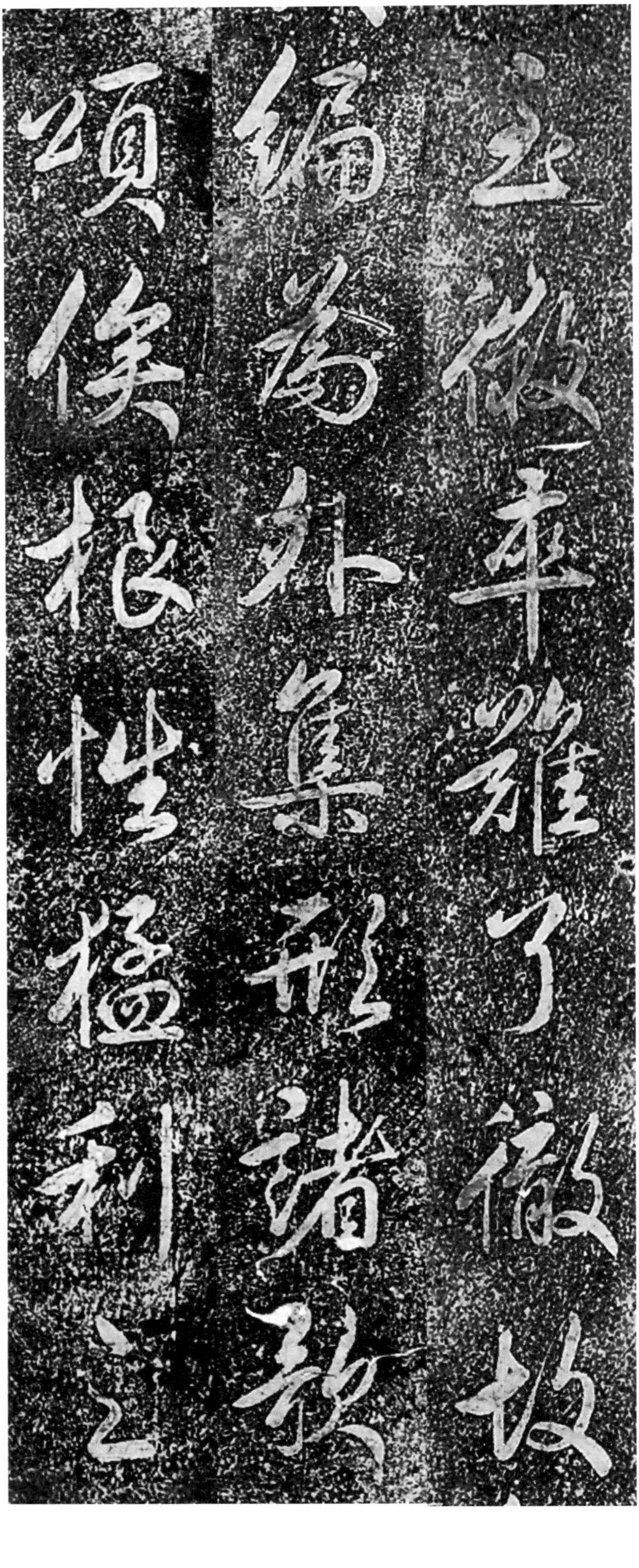

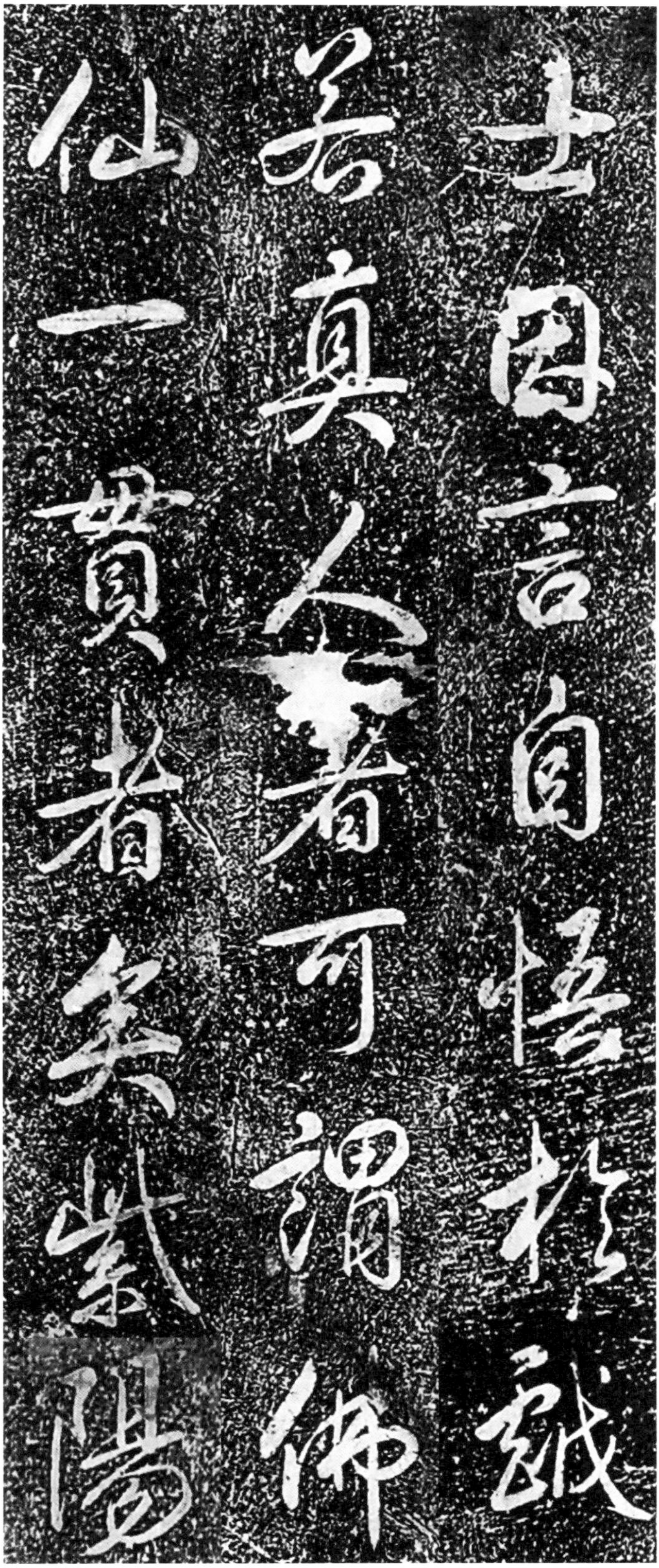
士因言自悟於戲
若真人者可謂佛
仙一貫者矣紫陽

士，因言自悟。於戲！若真人者，可謂佛仙一貫者矣。紫陽

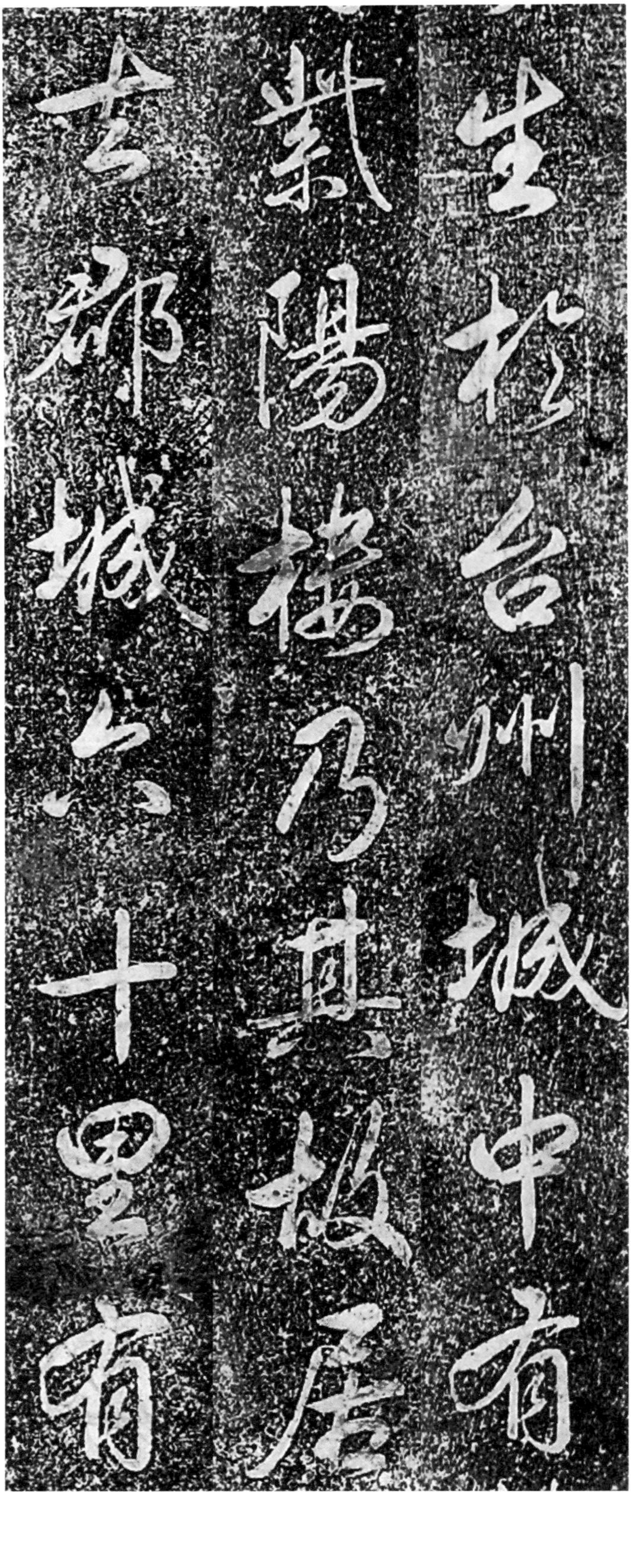

生于台州，城中有紫陽樓，乃其故居。去郡城六十里有

百步溪，傳為紫陽仙化處。又嘗焚
修于桐柏崇道觀。歲

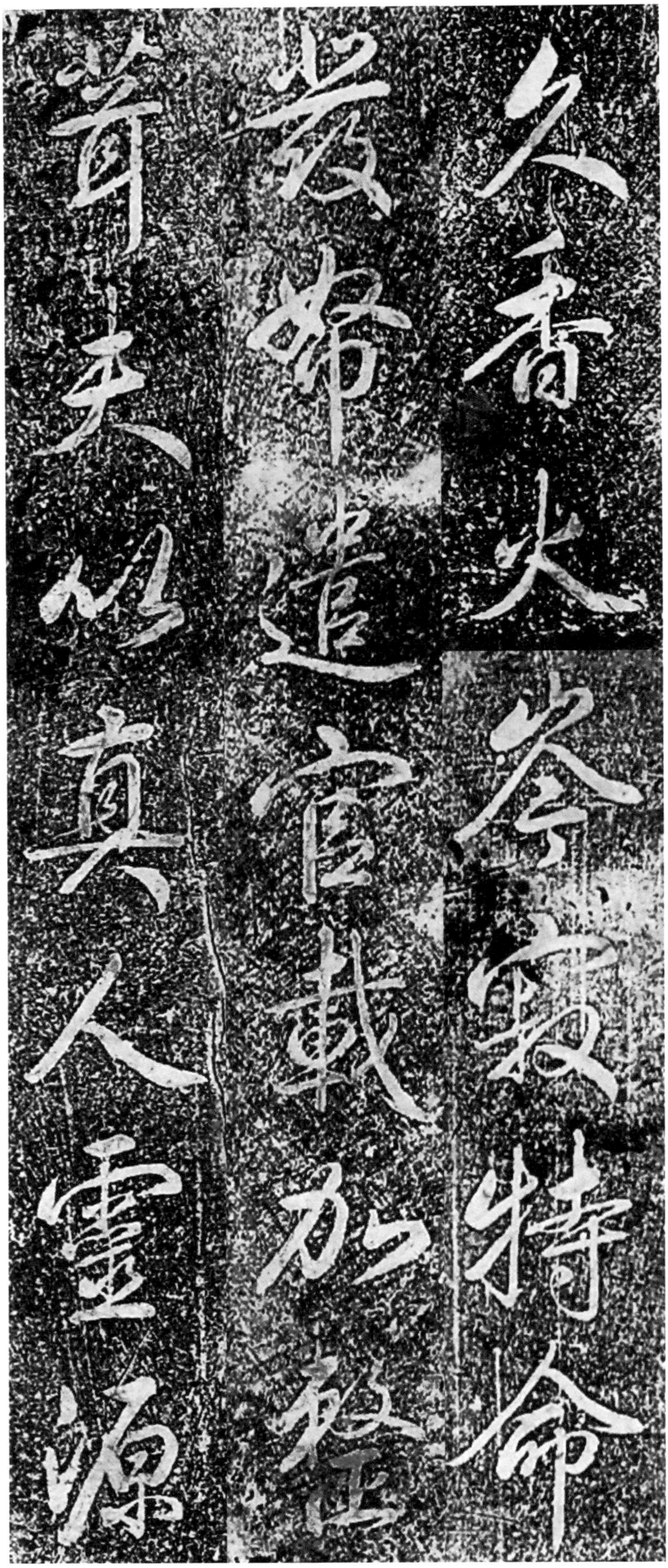

久香火岑寂，特命發帑遣官，載加整葺。夫以真人靈源

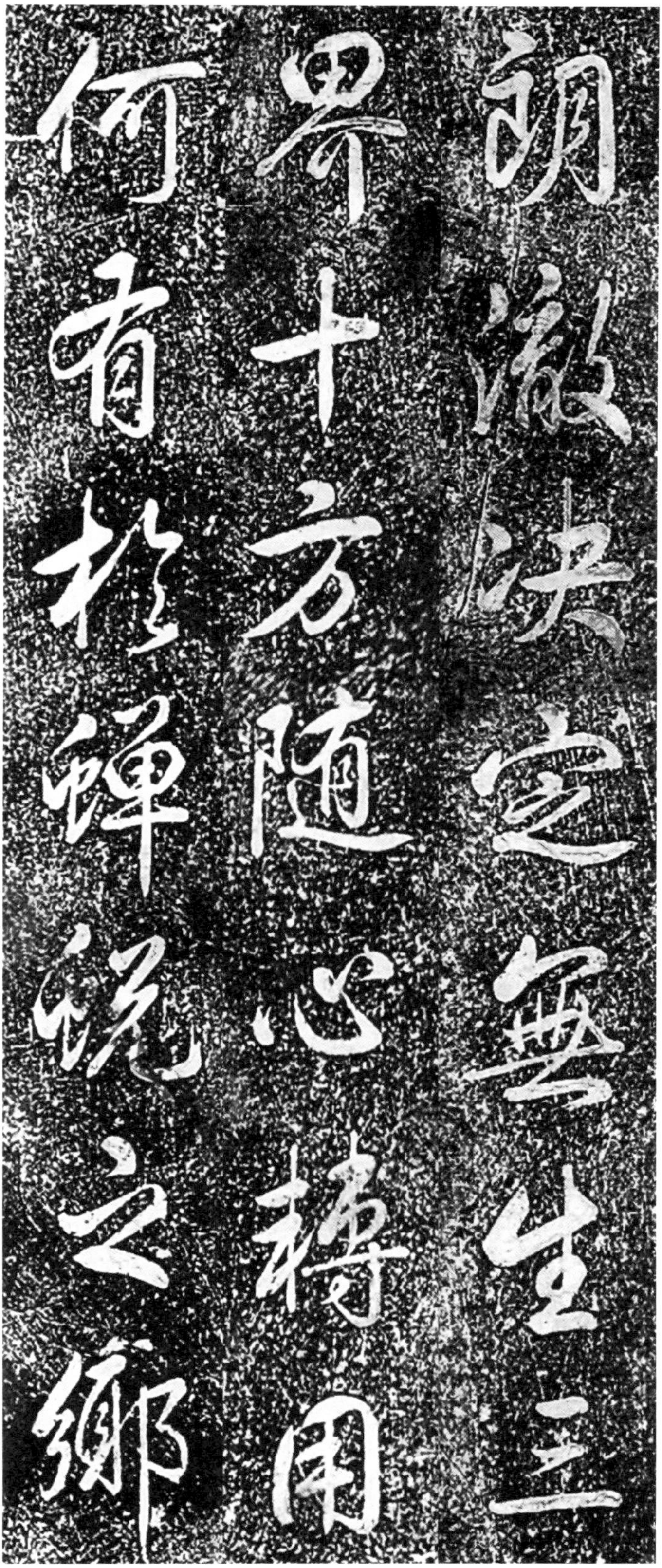
朗澈決定無生三
界十方隨心轉用
何有於蟬蛻之鄉

朗澈，決定無生，三界十方，隨心轉用，何有於蟬蛻之鄉？

更何有於塵栖之迹？特以朕景仰高

蹤，表其宅里，俾學

道之士，人人知此向上一路，千涂同軌，非可强分區别，

自生障礙，庶幾，真人拯迷覺世之薪傳不泯于後也。自

紫陽樓迄百步溪、崇道觀三處，各爲殿堂門廡若干楹，

併置田若干畝以資香火，有餘，則以贍其後裔。雍正十

二年二月，經理告竣，爰志其緣起而刻諸石。

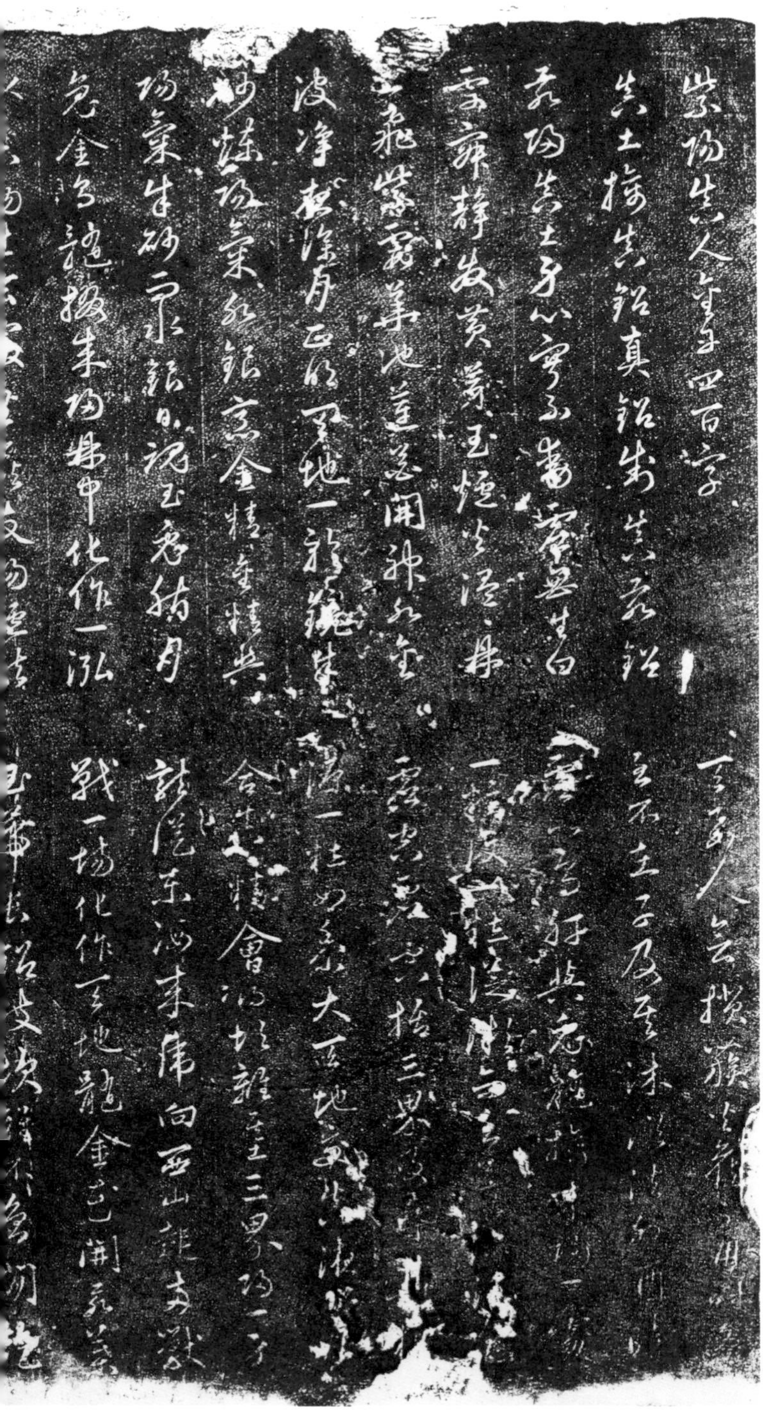

朱敬鑑書《紫陽真人金丹四百言》拓片影印

朱敬鑴《紫陽真人金丹四百首言》拓片影印

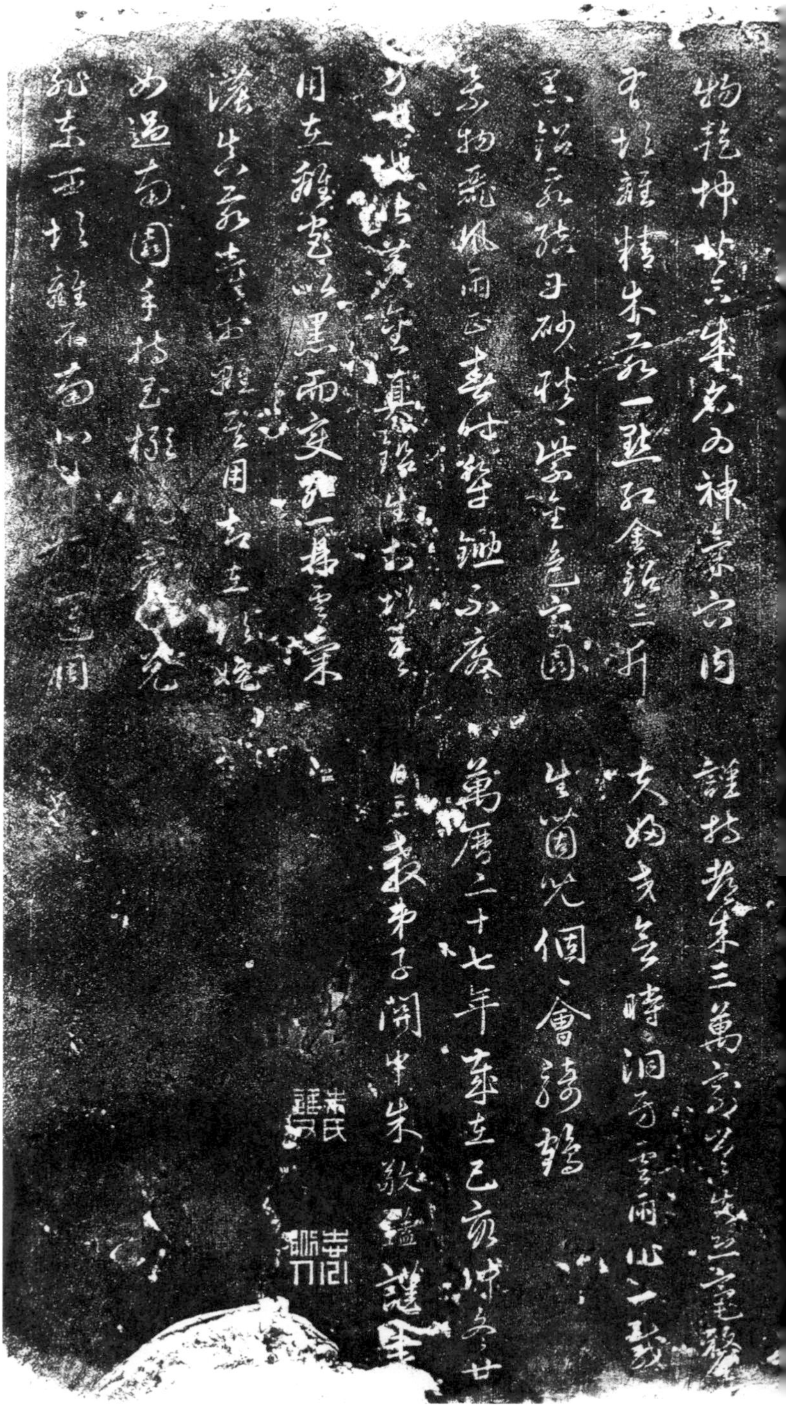

《紫陽真人金丹四百言》釋文

真土擒真鉛，真鉛製真汞。鉛汞歸真土，身心寂不動。
虚無生白雪，寂静發黄芽。玉爐火温温，鼎上飛紫霞。
華池蓮花開，神水金波静。夜深月正明，天地一輪鏡。
硃砂煉陽氣，水銀烹金精。金精與陽氣，硃砂而水銀。
日魂玉兔脂，月魄金烏髓。掇來歸鼎中，化作一泓水。
藥物生玄竅，火候發陽爐。龍虎交會時，寶鼎産玄珠。
此竅非凡物，乾坤共合成。名爲神氣穴，内有坎離精。
木汞一點紅，金鉛三斤黑。鉛汞結丹砂，耿耿紫金色。
家園景物麗，風雨正春時。犁鋤不廢力，大地皆黄金。
真鉛生于坎，其用在離宫。以黑而變紅，一鼎雲氣濃。
真汞産于離，其用却在坎。姹女過南園，手持玉橄欖。
震兑非東西，坎離不南北。斗柄運周天，要人會攢簇。
火候不用時，冬至不在子。乃其沐浴法，卯酉時虚比。

烏肝與兔髓，擒來歸一處。一粒復一粒，從微而至着。
混沌包虛空，虛空括三界。及尋其根源，一粒如黍大。
天地交真液，日月合真精。會得坎離基，三界歸一身。
龍從東海來，虎向西山起。兩獸戰一場，化作天地髓。
金花開汞葉，玉蒂長鉛枝。坎離不曾閑，乾坤今幾時。
沐浴防危險，抽添自謹持。都來三萬刻，差失恐毫厘。
夫婦交會時，洞房雲雨作。一載生個兒，個個會騎鶴。

萬曆二十七年歲在已亥仲冬廿日，三教弟子關中朱敬鑑謹書。鈐『朱氏進父』『志川道人』。

朱敬鑑，字進父，秦愍王朱樉八世孫，萬曆年間爵奉國中尉。好草書。曾書宋人所撰之《草訣歌》碑。著有《梅雪軒詩稿》四卷。

圖書在版編目（CIP）數據

崇道觀碑文 /（清）雍正書；陳引奭編. -- 杭州：西泠印社出版社，2023.2
ISBN 978-7-5508-4023-2

Ⅰ. ①崇… Ⅱ. ①雍… ②陳… Ⅲ. ①碑文－匯編－天臺縣－清代 Ⅳ. ①K877.423

中國國家版本館CIP數據核字（2023）第011753號

崇道觀碑文

（清）雍正書　陳引奭 編

責任編輯　楊舟
責任出版　馮斌强
責任校對　應俏婷
出版發行　西泠印社出版社
（杭州市西湖文化廣場三十二號五樓　郵政編碼　三一〇〇一四）
經　　銷　全國新華書店
制　　版　台州經緯文化傳播有限公司
印　　刷　浙江經緯印業股份有限公司
開　　本　八八九毫米乘一一九四毫米　二十四开
印　　張　一點五
印　　數　〇〇〇一——五〇〇〇
書　　號　ISBN 978-7-5508-4023-2
版　　次　二〇二三年二月第一版　第一次印刷
定　　價　貳拾圓

西泠印社出版社發行部聯系方式：（〇五七一）八七二四三〇七九